淘气姐弟

〔苏〕左琴科 / 著　薛紫琼 / 绘

张 舒　胡志远 / 译

GUANGXI NORMAL UNIVERSITY PRESS
广西师范大学出版社
·桂林·

淘气姐弟
Taoqi Jiedi

出版统筹：伍丽云
质量总监：孙才真
策划编辑：冒海燕
责任编辑：冒海燕
责任美编：邓　莉
责任技编：马萁键

图书在版编目（CIP）数据

淘气姐弟 /（苏）左琴科著；薛紫琼绘；张舒，胡志远译．-- 桂林：广西师范大学出版社，2024.6
（魔法象．故事森林）
ISBN 978-7-5598-6880-0

I．①淘… II．①左… ②薛… ③张… ④胡… III．①童话－苏联 IV．①I512.88

中国国家版本馆 CIP 数据核字（2024）第 075460 号

广西师范大学出版社出版发行
（广西桂林市五里店路 9 号　邮政编码：541004
网址：http://www.bbtpress.com）
出版人：黄轩庄
全国新华书店经销
北京尚唐印刷包装有限公司印刷
（北京市顺义区马坡镇聚源中路 10 号院 1 号楼 1 层　邮政编码：101399）
开本：880 mm × 1 240 mm　1/32
印张：2.5　　　　字数：27 千
2024 年 6 月第 1 版　　2024 年 6 月第 1 次印刷
定价：29.80 元

和孩子一起，读出明亮的未来

周其星（课程设计师、百班千人读写计划总导师）

身为一名儿童阅读指导教师，身为一个四处奔走推广儿童阅读的点灯人，我时常会被各地的家长问及有关阅读的话题。其中，家有小学一、二年级孩子的家长，苦恼似乎格外多。当孩子在幼儿阶段时，家长只要带着他们一起读图画书就好了，这一点，现在家长们已经达成共识。可是，进入小学以后呢？孩子开始认识一些字了，做家长的这时是不是该放手让孩子自己去读？如果还是由家长读给孩子听，那么孩子会不会形成依赖，再也无法养成自主读书的习惯了呢？

有着类似焦虑的家长还真不少，一方面，他们觉得孩子识字了，需要去独立阅读了；另一方面，又发现孩子习惯了亲子共读，不乐意自己一个人看书，阅读兴趣好像总是提不起来。

每每遇到这样的家长，我总会这样建议：继续陪孩子往前走一程吧！趁他们现在还小，还愿意和你一起读书，那么陪他们一起去读读那些优秀的桥梁书吧。不妨勇敢地、大声地朗读——这是最好的读书方式。如果在学校里老师没有营造出读书的氛围，那么做家长的更要通过共读来实现教育自救。不妨邀约几个小伙伴，建立一个微信朗读群，大家一起相互鼓励，坚持每天朗读，读出文学的韵味，读出明亮的未来。因为，我们班就是这样做的，孩子、家长、老师总动员，班级微信群里总是书声琅琅。我身边很多朋友受到启发，也开始尝试，坚持了一段时间后，他们都给了我很好的反馈，我很欣慰。

带着孩子和小伙伴一起读书，一定要选择合适的共读书。找对了书，就找到了阅读的正确途径。桥梁书中，优秀的作品其实不少，例如“青蛙和蟾蜍”系列、“晴天下猪”系列、“我爱阅读”系列，等等。魔法象童书馆出品的“大声读”系列桥梁书也一样精彩，用心地为孩子架起了一座由亲子共读过渡到独立阅读的桥梁，开辟了一条由图画书阅读过渡到纯文字阅读的路径。一个个生动、有趣的短小故事，适合大声朗读，而且童趣十足的图画与轻松浅显的文字相映成趣，引领孩子在认知敏感期享受阅读儿童文学的乐趣，树立阅读自信，实现独立阅读。

“大声读”系列桥梁书以亲情、友情、梦想、成长等为主题，涵盖了6～9岁年龄段小朋友生活和学习的方方面面；题材涉及童话、儿童生活故事和校园故事等，让孩子在富有启迪性的故事中，领略色彩纷呈的童年生活。

大人们通常希望自己的孩子外向、积极进取，是班上的优等生。有些家长，给孩子限定了很多条条框框；还有些家长甚至把自己的期待和意识强加到孩子身上，让孩子跟着自己的脚步前进。其实每个孩子都是独一无二的小天使，作为家长，我们首先要做的是给予孩子一定的空间，让孩子做最好的自己。不要苛责孩子的不完美，不要害怕孩子犯错，也许这些能让孩子在未来走得更远。譬如，《讨厌生气》的主人公丹丹虽然是一个平凡、内向、胆怯的小孩，在班上遭受同学的嘲笑，被同学叫作“金刚鼻屎”，她不敢举手回答问题，但最终她通过自己的方式克服了胆怯，解决了遭遇的各种问题。《捣蛋鬼豆儿》的主人公豆儿，调皮、经常迟到、不爱学习，还经常把昆虫带进教室，是大家眼里的“问题学生”。实际上，他是一个善于观察、聪明有趣的“昆虫学家”。这部作品告诉大人们，每个孩子都有自己的喜好，沉浸于某种事物意味着会错过另一种事物，但是错过的同时，其实正在发现某种吸引自己的、珍贵的东西。大人们不要轻易通过表面现象给孩子贴标签，要真正了解孩子，尊重孩子的兴趣，注重培养孩子的创造力。

6 岁的孩子刚刚迈入小学，新的校园环境仿佛一个浓缩的小社会，家长对孩子的关心无论怎样也不再像以前那样无微不至，而友情可以填补这一空缺。当朋友遇到困难时，孩子可以做些什么呢？《长颈鹿先生，请上车！》就是这样一部充满人文关怀的作品。通过帮助长颈鹿先生的猪小弟与其他冷漠的动物对比，作者似乎想要告诉我们：大家应该主动去帮助需要帮助的人，让人与人之间的关系更融洽。6 ~ 9 岁的孩子也喜欢幻想，具有非凡的想象力，他们渴望拥有一根可以实现任何愿望的魔法棒。但有了这根魔法棒就真的可以实现任何愿望吗？《我真正的愿望》通过主人公宪浩实现愿望的故事告诉小读者，要学会正视愿望和理想，愿望不是欲望，要切合实际，而且比愿望和理想更重要的是为实现它们付出的努力。

格雷厄姆·格林曾经说过，孩提时，所有的书都是“预言书”。在孩子文学启蒙之初，以大声朗读的方式，阅读那些贴近孩子生命成长的童书，让童年在文学中滋养，在故事里萌发，在声音里绽放，这是我们给予童年的最好的礼物，也是我们给予孩子的应有的礼遇。

来吧，亲爱的朋友们，让我们捧起书来，和孩子一起，读出明亮灿烂的未来。

目录

1. 新年枞树

我快五岁的时候，就清楚地知道新年枞树是干吗的了。所以每天我都迫不及待地等待新年的到来。新年快来临时，我还会躲在门后面，从门缝偷偷看妈妈装扮新年枞树。

姐姐廖丽娅 7 岁了，是一个天不怕地不怕的女孩子。

有一天，廖丽娅对我说："明卡，走，趁妈妈去厨房，我们去里面的房间，看看新年枞树现在被打扮成什么样了。"

于是，我和廖丽娅走进了放有新年枞树的房间。哇——好漂亮的新年枞树，树下面堆着很多礼物，树身上悬挂着一串串五光十色的珠子、一面面小旗，还有闪着彩光的小灯、金黄色的核桃、红彤彤的蜜枣和克里米亚大苹果！

"别看了，咱们还是先吃个蜜枣再说吧。"廖丽娅说着走上前去，一口就把挂在线上的蜜枣吞下去了。

我说："你都吃了蜜枣，我也要吃！"

我走上前去，对着一个苹果咬了一小口。

廖丽娅说："明卡，你都吃了苹果了，那我也要再吃一颗蜜枣，嗯……这些还不够，我还要再拿一块糖！"

廖丽娅长得又高又瘦，高的东西她也能够得着。

她踮起脚尖，大张嘴巴，第二颗蜜枣就进到嘴里了。

我感觉自己好矮啊，想吃的东西都够不着，只能够到最下面的苹果。

我说："你又吃了一颗蜜枣，那我要再咬一口苹果！"说完，我拿起这只苹果，又在上面咬了一小口。

廖丽娅说："好啊，明卡，你已经吃了两口苹果了，那我也不客气了，我要再拿一颗蜜枣，还要再吃一个核桃，再拿一个爆竹！”

我着急了，这太不公平了，好吃的东西我都够不着！

我对她说：“廖丽娅，我要拿椅子过来，我不能只吃苹果。”

我的胳膊不怎么有劲儿，拖着椅子往前走，椅子一下就倒了，砸在我的腿上。还没等我把椅子扶起来，它又倒向了另一边，更糟糕的是，椅子直接砸向了新年枞树下面的礼物。

廖丽娅说：“明卡！你好像砸到瓷娃娃了！真的，瓷娃娃的一只胳膊被你砸断了！”

正在这时，传来了妈妈的脚步声，我和

廖丽娅匆忙溜出了这个房间。

廖丽娅对我说：“明卡，妈妈一准儿要揍你。”

听了她这句话，我吓得差点儿哭出声来。这时，门铃响了。妈妈匆匆将新年枞树上的彩灯点

亮，然后出去给客人开门。屋里一下子进来了很多客人，有大人，也有小孩，妈妈带他们来到新年枞树的房间。

接着，妈妈对那群小孩子说：“孩子们，来，都过来，我要给你们发礼物了。看看，好多好玩的、好吃的。”

小孩子们一个个地凑到妈妈面前，妈妈先是发给每人一个玩具，又从树上摘下苹果、蜜枣和糖块，分给他们。

他们都高兴极了，后来，妈妈摘下了我啃过的那只苹果，说："廖丽娅，明卡，你俩过来，这个苹果是谁咬的？"

廖丽娅说："妈妈，这都是明卡干的。"

我拽了一下廖丽娅的衣服，说："都是

廖丽娅教我的。”

妈妈说：“那我会罚廖丽娅站墙角。明卡，本来我打算送给你一辆上发条的小火车，现在我只能把小火车送给别的小朋友了，因为他的苹果被你咬了。”说着，妈妈便拿起小火车递到了一个四岁小男孩的手里，那个男孩很快就高兴地玩起来。

我讨厌这个男孩，就用玩具打他的手。他哇哇大哭起来。他妈妈赶紧把他揽到怀里，生气地说：“以后我再也不会带着孩子到你们家来了！”

我对着她说：“那你们走啊，走的

时候，可要把我们的小火车留下！”

她听到我的话，瞪大了眼睛，说：“这个小孩，长大后也会成为爱抢东西的人！”

我的妈妈一把把我拉过来，对那位妈妈说：“不准你这么说我的孩子！赶紧带你的宝贝儿子走吧，再也别到我们家来了！”

那位妈妈说："放心，我不会再来了！跟你们家认识真是倒霉！"

接着又有第二个妈妈、第三个妈妈说："我得走了，少了一只胳膊的娃娃，我家女儿还真玩不起。"

廖丽娅大声喊道："好啊，都带着你们的宝贝孩子走吧！少了胳膊的娃娃我还得玩呢！"

被妈妈抱在怀里的我也喊起来："都走吧，玩具都是我们的了！"

屋子里的客人一个接一个地离开了，只剩下了我、廖丽娅和妈妈三个人。

这时，爸爸走过来说：“这种事情对孩子的影响太不好了！我不希望我的孩子那么粗鲁地和别人打架，把客人都赶走。你们如果没有朋友，是很难生活的，到老了都会很孤单。”

爸爸走到新年枞树前，把上面所有的灯都熄灭了，对我们说：“你们都去睡觉吧！明天我把玩具都给客人们送去。”

2. 皮靴和雪糕

我特别爱吃雪糕。卖雪糕的人推着一个小车，在大街上边推车，边吆喝："卖雪糕的来了，来买雪糕啊！"每到这个时候，我就会幻想自己变成一只蜻蜓飞到雪糕车上，使劲儿咬一口雪糕。

我的姐姐廖丽娅和我一样，也很喜欢吃

雪糕。我俩天天幻想着，等长大了，每天至少要吃三块雪糕。

我们很少吃到雪糕。妈妈不让我们吃，她怕我们吃了会感冒或者肚子痛。所以，她压根儿不会给我们买雪糕的零花钱。

有一年暑假，我和廖丽娅在院子里玩，玩着玩着，在草堆里发现了一只破皮靴。这就是一只非常普通的橡胶底皮靴，磨得很破了。可能是它的主人嫌它实在太旧了,就扔掉了吧。

廖丽娅把这只皮靴套在了一根棍子上，像举着一面大旗一样，在头顶上挥来挥去。

这时，从街上传来了收破烂的吆喝声："收破酒瓶——破罐子——破布喽——"

收破烂的老头儿看到廖丽娅的"皮靴大

旗”，就问：“姑娘，皮靴卖不卖啊？”

廖丽娅以为这个老头儿开玩笑呢，就对他说：“卖啊，给我一百块钱我就卖！”

老头儿听到后哈哈大笑起来，说：“小朋友，你出的价太高了，这可不值一百块啊，我看你这孩子挺好的，给你两毛钱吧！”

老头儿边说边从兜里拿出他的钱袋，从里面找出两毛钱递给了廖丽娅，然后把破皮靴塞进袋子走了。

这时，我和廖丽娅才缓过神来，收破烂的老头儿没有跟我们开玩笑，这是真的！

老头儿已经走远了，可我们还站在那里，傻傻地看着手中的硬币。

正在这时，街上走来一个卖雪糕的

人："卖雪糕啦——草莓味的雪糕——"

我和廖丽娅赶紧跑到卖雪糕的那里，买了两块雪糕。不一会儿的工夫，两根雪糕便都到了我们肚子里。两毛钱就这样没了，我们开始后悔，刚才怎么没有把皮靴卖得再贵点儿呢！

第二天，廖丽娅对我说："明卡，我今天还要卖皮靴给收破烂的。"

我听后特别兴奋，说："廖丽娅，你好厉害，又在草堆里找到破皮靴了？"

廖丽娅说："哪有那么多破皮靴。咱们家的鞋架上放着很多皮靴，我猜至少有十五只，要是卖掉一只，也看不出来。"

说完，廖丽娅就跑进房间，不一会儿就

回来了，手里拿着一只皮靴——一只完好无损、几乎崭新的皮靴。

廖丽娅说："上次那只靴子那么破，都卖了两毛钱，这只皮靴这么新，肯定不少于一块钱！哈哈……这得买多少雪糕啊！"

我们等收破烂的等了整整一个小时，最后终于盼来了。

廖丽娅对我说："明卡，我卖的话，他肯定还给我两毛钱，这就太少啦！这次该你了，你是男的，和老头儿好讲价。"

我学着廖丽娅上次那样，把皮靴套在一根棍子上，开始挥来挥去。

收破烂的老头儿果然走了过来，问："小朋友，这是又要卖皮靴了？"

我用小得不能再小的声音回答：“卖……”

老头儿把皮靴拿在手里看了看，说：“孩子，真可惜啊，你们都是一只一只地卖给我靴子。这一只靴子我最多给你们五毛钱。你们要是能一次卖给我两只，我就给你们两块钱，哪怕三块钱我都愿意。两只靴子人家才愿意买，而且出的价钱也高。”

廖丽娅对我说：“明卡，快点儿，再去拿一只靴子来。”

我听到廖丽娅的话，扭头就往屋子里跑，挑了一只大码的靴子。

老头儿把两只靴子并排放到地上，无奈地叹了一口气，说：“孩子们啊，你们这样，让我怎么做生意啊！一只女式的，一只男式的。你们说说，我拿这两只靴子有什么用？本来我打算每只靴子给五毛钱的，但是，两只不一样的靴子我没法卖啊。这样吧，两只靴子给你们四毛钱。”

廖丽娅本来还想再回去拿一只靴子。谁知，正在这时，我们听到妈妈在叫我们。妈妈可能是想让我俩和客人告别一下。

老头儿见我们着急，就说：“小朋友，刚刚说了，两只靴子值四毛钱，不过，在这儿和你们闲聊了这么久，耽误了我做生意的时间，我得扣掉一毛钱。”

老头儿给了廖丽娅三个硬币，把两只靴子塞到袋子的最里面，然后就离开了。

我和廖丽娅赶紧跑回家，这时，我们家的客人，也就是奥莉娅阿姨和科利亚叔叔，已经穿好衣服，正站在鞋架旁和爸爸妈妈告别。

突然，奥莉娅阿姨大声喊道：“好奇怪！我的靴子明明放在鞋架下面了，现在怎么就剩一只了？”

我和廖丽娅脸色都发白了，就这样一动不动地站在那里，大气都不敢喘一下。

奥莉娅阿姨接着说：“我明明记得，是穿着两只靴子来的。真是奇了怪了，那只靴子跑哪里去了？”

科利亚叔叔也在四处张望着找自己的鞋，他说：“真是怪事！我敢保证，来的时候我的两只脚都穿着靴子，怎么就剩下一只了！”

听他们这么一说，廖丽娅吓得手一松，三个硬币“哐当”一声掉在地板上。

爸爸也在场，他问：“廖丽娅，你这钱是从哪里来的？”

廖丽娅开始瞎编起来，可是爸爸说：“没有比撒谎更让人感到羞耻的了！”

“哇——”廖丽娅听到爸爸这么说便大哭起来。听到廖丽娅哭，我也随即跟着哭起来。我们说：“我们卖给收破烂的两只靴子，买雪糕吃了。”

爸爸说：“你们做的这件事情简直比撒谎还要可恶！”

听到自己的靴子竟然被卖给收破烂的了，奥莉娅阿姨的脸气得都发紫了，她张大了嘴巴，想要说什么，又说不出来，挥动着自己的两只手，不知道要往哪里放。科利亚叔叔也不知道怎么办了，只见他用自己的手使劲儿拍打着胸口。

爸爸急忙安慰他们，说：“你们别担心，这件事情太好办了，保证会把你们的靴子还给你们的。把廖丽娅和明卡所有的玩具都卖给收破烂的，换来的钱足够给你们买两双靴子的了。”

听爸爸这样说，我和廖丽娅立马号啕大哭起来。谁知，爸爸又接着说：“这些还不够。从今天开始，两年内不许你俩吃雪糕，两年

后才可以。每次吃雪糕的时候，我希望你们都会想起这件事情。也要你们时刻牢记：自

己犯了错误就要承担后果。”

就在那一天，爸爸没收了我和廖丽娅所有的玩具，把收破烂的人叫来，全部卖掉了，一件都没有留下。换来的钱给奥莉娅阿姨和科利亚叔叔每人买了一双靴子。

这件事情过后的两年时间里，我和廖丽娅真的一次雪糕也没有吃过。

3. 奶奶送的礼物

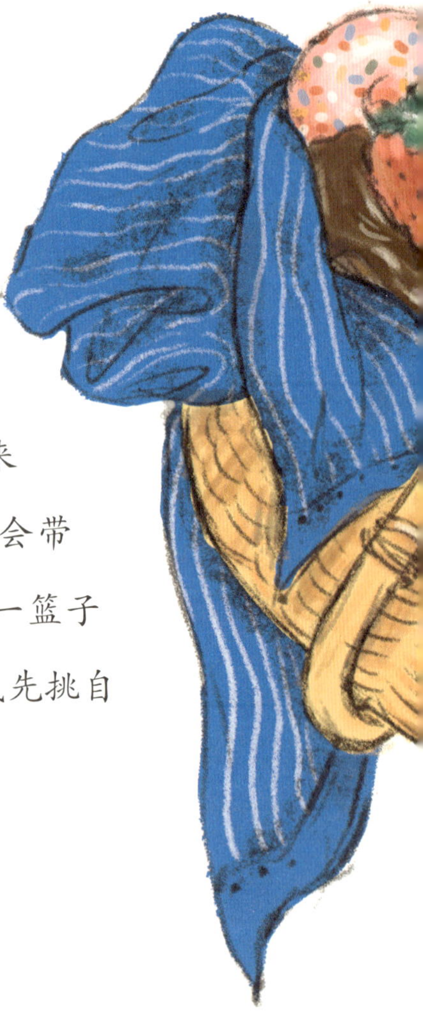

我有一个非常疼爱我的奶奶。她每个月都会来我们家一次，而且每次都会带来好玩的玩具，还有满满一篮子的点心。每次奶奶都是让我先挑自己喜欢的。

前面已经说过了，我还有一个姐姐叫廖丽娅，奶奶就不像喜欢我那样喜欢廖丽娅了，也从来不会让廖丽娅先挑点心，除非是迫不得已的时候，才会让她挑。就因为这个，每次吃点心的时候，廖丽娅都会哭哭啼啼，很生我的气，好像这一切都怪我。

一个夏天的早上，天气非常好，奶奶又来我家做客了。

她一只手提着点心，一只手拎着手提包，沿着院子里的小路，朝我们的房子走来。

我和廖丽娅赶紧跑出去迎接奶奶，向奶奶问好。我们伤心地发现，奶奶这次除了点心，什么也没有给我们带来。

廖丽娅耐不住性子了，问奶奶："奶奶，

您就买了点心，其他的什么也没有给我们带啊？”

奶奶听到廖丽娅的话，脸一下阴了下来，很不高兴地回答她：“带是带了，不过，没有礼貌的孩子是得不到礼物的。这么鲁莽地向别人要东西，真不懂礼貌。”

接着奶奶又转向我说：“还是我们家明卡知书达礼，从不嚷嚷，是世界上最好的孩子，这样的孩子就应该得到奖励。”

说着，奶奶就示意我把手伸过去，然后往我手里放进十枚崭新的硬币。

看着手中的硬币，我高兴得都不知道说什么好了，只是傻愣愣地站着。廖丽娅巴巴地望着我手里的钱，什么也没有说。她眼睛

里好像正闪烁着一股怒气，用不了多久就会爆发。

奶奶轻轻地在我脸上吻了一下，然后就进屋喝茶了。

奶奶刚刚离开，廖丽娅的怒火再也压不住了，她使劲儿拍打着我的胳膊。手中的硬币随着我的手上下起伏，一个一个往外蹦，有的落到了草地上，有的直接滚到了水沟里。

我不知道怎么办才好，委屈地大声哭起来。这时，家里所有的大人——爸爸、妈妈还有奶奶，听到哭声都匆忙赶了过来。问清原因后，他们一个个弯腰帮我找掉在地上的硬币。

除了一枚硬币没找到，其他的九枚总算是凑齐了，我也不哭了。

奶奶生气地说："看吧，我说什么来着，一个子儿都不能给廖丽娅。这丫头太容易忌妒别人了，她得不到的东西，别人也休想得到。现在哪还有这样的孩子？"

廖丽娅见奶奶没完没了地说个不停，就爬到了一棵树上，坐在一根树枝上，开始大声叨咕我和奶奶的种种不对。

邻居家的男孩帕夫利克是一个淘气鬼，看到廖丽娅坐到了树上，拿起弹弓瞄准了她，想赶她下来。奶奶赶忙制止了他，她怕廖丽娅会从树上掉下来摔断腿。奶奶走到帕夫利克跟前，去夺他手里的弹弓。

这可惹怒了帕夫利克，他竟然举起弹弓对准了奶奶。

奶奶“哎哟”一声，说：“你们到底要怎么样？就因为这个丫头片子，别人用弹弓打我，你们也不管了！好吧，我以后再也不会来了。想见我的话，就带着我的明卡去我那里。真是的，我偏偏要把好吃的都给明卡，一点儿都不给廖丽娅留。”

这个时候，爸爸终于开口了：“好了，妈，听您的，以后我会带着明卡去看您！不过，妈，您也别总是宠着明卡。廖丽娅当然有做得不对的地方，那明卡也不是十全十美的。好孩子应该懂得把自己的好东西与别人

分享。但是，明卡就没有做到，廖丽娅能不生气，能不忌妒吗？”

坐在树上的廖丽娅接着爸爸的话往下说：“好奶奶就应该平等对待孙子和孙女，不能只疼孙子一个人。就因为我多说了一句话，明卡没有说话，他就骗到了奶奶的礼物，这太不公平啦！”

奶奶再也听不下去了，离开院子回屋了，爸爸和妈妈也回屋喝茶去了。

我大声地朝廖丽娅喊：“廖丽娅，你赶紧下来吧，我分给你两个硬币！”

廖丽娅听到后就从树上下来了，我也兑现了自己的诺言，分给了她两个硬币。此刻，我心情大好，跑到房间里，向大家宣布：“我分给了廖丽娅两毛钱！奶奶说的没错，我就是这个世界上最好的孩子！”

听了我的话，奶奶和妈妈都高兴地大笑起来。不过，爸爸却没有。只见他表情严肃，眉毛拧成了一股绳。

过了一会儿，他慢慢地说：“好孩子，应该是做了好事以后，不会咋咋呼呼、到处炫耀的人！”

我又跑到院子里，找到廖丽娅，悄悄地又分给了她一毛钱，没有给大人提这件事。

廖丽娅现在手里也有三毛钱了，后来她又在院子里的草地上捡到一毛钱。这样加起来，廖丽娅一共有四毛钱了，她把这四毛钱全部拿来买了雪糕。

她吃啊吃啊，吃了两个小时还没有吃完。她不想让雪糕剩下，强撑着，把剩下的雪糕也都塞到肚子里去了。

晚上，廖丽娅的肚子开始疼起来，看来是雪糕吃多了。就因为这个，她在床上躺了整整一星期。

4. 想生病的廖丽娅

从小爸爸妈妈就特别疼爱我，他们经常给我买很多好吃的、好玩的东西。不知道为什么，我经常生病，常常感染腮腺炎和咽炎。得病的时候，爸爸妈妈就会买一大堆的礼物送给我。

我的姐姐廖丽娅几乎从来没有病过，她

很羡慕我经常生病。

她说："明卡，等着瞧吧，我也快生病了。到时候爸爸妈妈就会给我买很多礼物。"

但是，这些病就好像和廖丽娅作对似的，廖丽娅越想让它们来，它们就越不来。不过，有那么一次，廖丽娅真的受伤了。

她在搬椅子的时候，一不小心把椅子弄倒了，磕破了额头，疼得大叫起来。谁知，妈妈不但没有给她买礼物，反而批评了她。

原因是这样的：她搬椅子是为了拿柜子上面的钟表，妈妈很早就给我们说过，不准这样做。廖丽娅想要礼物的愿望又没有实现。

一天，爸爸和妈妈出去看戏了，我和廖丽娅两个人待在家里玩台球。我们拿着球杆，在桌子上捣来捣去，特别好玩。正玩得开心，廖丽娅忽然喊住我：“不好了，明卡，我吞下了一个球。我原来想把它放在嘴里玩玩，谁知道，一下子吞进了肚子里。”

那个球虽然很小，但那可是金属的啊，挺沉的，吞到肚子里很危险的。我吓得哭了起来：“我的好姐姐廖丽娅会不会一下子爆炸了？！”

可是，廖丽娅说：“爆炸倒不会。不过，这样我就可以病上好长时间，这个和你的腮腺炎可不一样，我病的时间会更长，几天是好不了的。”

廖丽娅说完就躺到沙发上，嘴里不停地喊着“哎哟……好难受啊……”。

幸好，这个时候有人进来了，是爸爸妈

妈！我把刚才发生的事情告诉了他们。

爸爸妈妈吓得脸色煞白。他们扑到沙发前，不停地吻她，还止不住地流眼泪。

妈妈噙着眼泪问廖丽娅，肚子里有什么感觉。

廖丽娅说："我觉得有一个小球，在我的肚子里滚来滚去，弄得肚子好痒啊！真想吃个橘子。"

爸爸起身，拿衣服准备出门，他边穿衣服，边大声地说："把廖丽娅身上的衣服脱下来，小心点儿！把她抱到床上去，我现在就去找医生！"

妈妈开始给廖丽娅脱衣服，刚刚脱掉连衣裙，一个球从廖丽娅的衣服兜里滚了出来，

“咕咚咚”，一直滚到了沙发下面。

爸爸刚要走出家门，听到了什么东西响，就又回过头来。他忽然皱起眉头，走到台球桌前，数了数桌子上的台球，桌子上一共有十五个球，还有一个在沙发底下。

爸爸说：“廖丽娅撒谎了，她肚子里根本就没有台球，所有的台球都在这里了。”

妈妈说：“这孩子，把撒谎当成家常便饭了，我真不知道说你什么好了！”

爸爸以前从来没有打过我们，不过，看

来这次他真的是生气了，打了廖丽娅几下，说：“廖丽娅，说说这是怎么回事？”

廖丽娅抽搭着，不知道说什么好。

爸爸接着说：“这孩子太不诚实了，把我们全家都戏弄了！今年什么也不给她买了，让她继续穿这双旧的鞋和那件蓝色外套，不喜欢也得穿！”

爸爸妈妈关门出去了。我看了看廖丽娅，再也忍不住大笑起来，说：“廖丽娅，你怎么不等一等呢，说不定什么时候你也得腮腺炎了，爸爸就会给你买礼物了。这也比你撒谎要好！”

5. 大旅行家

六岁的时候，我还不知道地球是圆形的。房东家的儿子斯乔帕，这样给我解释地球的形状：“地球是圆形的，如果一直一直往前走，就可以绕地球一圈，回到原来出发的地方。

我才不相信他说的这些。斯乔帕拍了一下我的后脑勺，说：“笨蛋！很快我要进行一次环球旅行，将带上你姐姐廖丽娅，就没有你的份了，我可不想带一个什么也不懂的傻瓜去！”

听他这么说，我也很想加入。我把自己的卷笔刀送给斯乔帕，因为我知道，他特别喜欢收集卷笔刀。最终，他答应我了。

斯乔帕召集我们在果园里开了一次旅行动员会，他对我和廖丽娅说：“明天，等你们爸妈坐船进城了，我妈妈去河边洗衣服了，大人们都不在家了，我们就按计划行动。我们要一直走，一直走，跨过高山，穿过沙漠。不走到我们的出发地就绝不回头，哪怕走整整一年也要坚持下去。”

廖丽娅问：“那，要是遇到了印第安人，

怎么办呢？”

“印第安人算什么，”斯乔帕接话说，“我们把整个印第安部落的人都抓起来，让他们变成咱们的俘虏。”

“那万一有人不愿意当俘虏呢？”我怯生生地问。

“不愿意当俘虏……”，斯乔帕停了一下，接着说，“那我们……就不让他们当了！”

廖丽娅说：“我从我攒的钱里拿出三块钱来，路上我们一起用，这样就足够了吧。”

斯乔帕说：“你说的对！三块钱足够了，我们只要买点儿瓜子和糖果什么的就可以了。饿的话，我们就捉一些小动物，生上火，烤着吃。小动物的肉那么嫩，吃起来肯定香喷喷的！”

斯乔帕跑进他家的板棚底下，那里堆着很多粮食，他从粮食下面拽出一个大大的口袋。我们开始往口袋里装长途旅行的必需品，装进去了面包、白糖，还有一块黄油，然后是各种各样的餐具——盘子啊，杯子啊，还有刀子和叉子。随后，我们想了想，又装进去了七彩笔和手电筒，洗手用的盆儿和点火用的放大镜。我们还往口袋里塞了两条毛毯，又塞进去一个从沙发上拿的枕头。

除了这些，我还弄了三个弹弓，一根钓鱼竿和一个捕热带蝴蝶的捕蝶网。

第二天，像往常一样，我们的爸爸妈妈坐船进城了，斯乔帕的妈妈去河边洗衣服了，

我们抓住时机，告别了我们居住的村子，开始了环球旅行。

我们上路了，先是要穿过一个树林。

斯乔帕的看家狗一直走在队伍的最前面，紧跟在后面的是背着鼓囊囊口袋的斯乔帕，斯乔帕后面是手提跳绳的廖丽娅，我拿着三个弹弓，一根钓鱼竿和一个捕蝶网，跟在廖丽娅的后面。

大概走了一个小时，斯乔帕撑不

住了，他说：“我一个人扛不动了，我们还是轮着来吧。”

廖丽娅接过口袋，扛了起来。不过，才走了没多远，廖丽娅就没劲儿了。

她一下把口袋摔到了地上，说：“该明卡扛了！”

他俩抬起口袋，放到我的肩膀上，我“哎哟”叫了一声：“没想到，这个口袋这么沉啊！”

更让我想不到的是，我正迈开步子往前走，整个人就变成了一个钟摆，东倒西歪，想站都站不住，整个身子被压得倒向了地面。我就这样，歪歪倒倒往前走了不到十步，突然，我连同口袋，一起滚到了路边的沟里。

先是口袋滚了进去，袋口松开了，里面的东西都稀里哗啦地往外跑。紧接着我一头栽了进去。尽管我的身体不重，但是，谁知道怎么那么凑巧，我不偏不斜地，压到了那些容易碎的东西上，几乎所有的盘子和盆儿都被压碎了。

斯乔帕和廖丽娅看到我在沟里手脚舞动地挣扎，笑得都快岔气了。他俩看我都摔成这样了，也不生我的气了。

斯乔帕吹了声口哨，唤狗过来，让它给我们驮东西。可是，一点儿用都没有，因为小狗根本就没明白我们让它做什么。我们实在是没辙了，不知道怎么样才能让小狗明白我们的意思。

就在我们计划着该怎么办的时候，小狗咬破了口袋，几口就把黄油吃了个精光。

斯乔帕最终决定，我们三个人一起抬着口袋走。

我们每个人拽住口袋的一角，一步一步地往前移，虽说是三个人一起抬，但我也没有感觉有多轻松。不过，好赖走了两个小时，总算是走出了树林，来到了一片草地上。

斯乔帕决定先休息一下。他说：“每一次休息或者是睡觉的时候，我都会把腿伸向一个固定的方向，那就是我们要去的方向。伟大的旅行家都是这样的，只有这样，才不会偏离旅行的方向。”

说完，斯乔帕在路边坐了下来，两条腿直直地伸向前方。

我们解开口袋，打算吃点儿东西。

我们把白糖撒在面包上，一口一口地吃起来。

突然，飞来一群马蜂，在我们头上嗡嗡盘旋。一只马蜂可能是想吃我面包上的白糖，朝着我的脸使劲儿蜇了一下。很快，我的脸颊肿得老高，就像是贴了一个厚厚的馅饼似的。我照着斯乔帕说的，抓起地上的苔藓、树叶，还有湿土，就往脸上糊。

还要继续赶路，在上路之前，袋子里的东西已经被斯乔帕扔得差不多了，这样就轻松了不少。

我还是拖在队伍的最后面，哼哼唧唧的，边走边哭。被马蜂蜇过的脸还在发烫，越来越疼。廖丽娅这会儿也没有那么兴奋了，她一直唉声叹气，喊着要回家，说还是在家好。

可斯乔帕不许我们提回家的事，想都不准想。

他说：“谁再提回家的事，我就把他拴到树上，给蚂蚁们当大餐。”

我们三个人的心情都不怎么样，闷闷不乐地往前走。

现在只有小狗的心情没受到影响。

小狗惬意地摇晃着尾巴，不是卷起尾巴追云雀跑，就是汪汪地胡乱叫几声。本来心情就不怎么样的我们，听到了这样的叫声更烦了。

天慢慢黑了下来。

斯乔帕把袋子放到了地上，我们就打算在这儿过夜了。

我们捡来一些干树枝，斯乔帕从口袋里扒拉出放大镜，打算点火。

可是，现在还到哪儿找太阳去？斯乔帕沮丧极了。我和廖丽娅也很生气。

没办法，我们只能啃面包了。周围黑咕隆咚的，我们躺在地上，啃着冷面包。

斯乔帕煞有介事地，像白天那样，把腿

伸向前方，还说，这样明天早上一起来就知道应该往哪个方向走。

斯乔帕一躺下，就呼噜呼噜地睡着了，小狗的鼻子也发出嘘嘘声。但是，我和廖丽娅躺了好久也睡不着。树林子黑黝黝的，还有树叶发出沙沙声，很吓人。一根枯树枝在我们的头顶悬着，廖丽娅把它看成了一条蛇，吓得尖叫起来。

一颗松果从树上掉下来，吓得我像皮球一样从地上弹起来。

最终，我们还是都迷迷糊糊地睡着了。

睡梦中我感觉有人在扯我的肩膀，我醒了过来，原来是廖丽娅在扯我的肩膀。天刚蒙蒙亮，太阳还没有升出地面。

廖丽娅小声对我说："明卡，趁斯乔帕还没有醒，我们把他的腿扳回去吧，让他的腿朝着家的方向，要不然，不知道他会把我们带到哪儿去。"

我们凑到斯乔帕脸上，看了看，他脸上带着笑，睡得正香。

我和廖丽娅抬着斯乔帕的腿，扳到相反的方向，他的头正好跟着画了一个半圆。

尽管我们这么折腾，斯乔帕也没有醒。他只是哼了几声，挥了挥胳膊，说："过来，过来一下……"

他可能是做梦，梦到自己受到了印第安人的袭击，叫我们过去支援。

弄好后，我和廖丽娅就开始等，等着斯

乔帕醒来。

太阳慢慢升起来，阳光照到了斯乔帕的脸上，斯乔帕醒了。他看了看自己的腿，说："如果我随随便便躺下的话，我们肯定不知道该往哪里走了。看吧，多亏了我的腿，给我们指明了方向。"

于是，他把手一挥，指向了我们昨天来的路。

我们啃了点儿面包，就出发了。这条路好熟悉啊，斯乔帕惊讶得张大了嘴巴。不过，他还是说："环球旅行跟其他旅行的不同之处，就在于要走许多走过的路，因为地球是圆形的！"

我们身后传来了嘎吱嘎吱的车轮子声，

一位叔叔驾着一辆马车驶来了。

斯乔帕说："为了能够尽快绕地球一周，早点儿完成环球旅行，我们为什么不搭上这辆马车呢！"

我们请叔叔载我们一段，好心的叔叔停下马车，让我们上去了。

马儿拉着我们飞奔起来，比我们走路快多了。

走了不到一个小时——昨天告别的村子出现在了我们面前。

斯乔帕惊讶得张大了嘴巴，他说："这个村子和咱们的村子一模一样。在环球旅行的时候，这种情况就是会经常遇到。"

不过，当我们走到家附近的码头的时候，

斯乔帕还是有点儿蒙了。

我们三个从马车上下来。毫无疑问，这就是我们村子的码头，这时，刚好一条船驶了过来。

斯乔帕小声地嘀咕着："难道这么快我们就环游整个世界了？"

廖丽娅"扑哧"一声笑了出来，我也忍不住大笑起来。不一会儿，我们看到爸爸、妈妈还有奶奶从船里出来，走到岸上。一起出来的还有我们家的保姆，她耸耸肩膀，不知道在说什么。

我和廖丽娅快步朝爸爸妈妈跑去。爸爸妈妈看到我们回来，都开心地笑了起来。

保姆说："好孩子，我还以为你们昨天

掉水里了呢！”

廖丽娅说：“要是掉到水里了，我们还怎么环游世界呢？”

妈妈听了，大声嚷道：“瞧这是说的什么胡话。这几个孩子真欠揍！”

爸爸说：“好了，平安回来就好。”

奶奶折下一根树枝，说：“这些孩子就是该揍一顿，你去揍明卡，廖丽娅交给我。”

爸爸说：“打孩子，这都是老法子了，对教育孩子没有任何好处。不打他们，他们心里也能明白，自己做的事情有多傻。”

妈妈叹了一口气，说：“真是两个傻孩子。连加减乘除还没学好，一点儿地理知识都不知道，就要去环游世界，这像话吗？”

爸爸说："要想成功环游世界，要等到更大的时候，老师会教给你们很多东西，既有天文知识，也有地理知识。还没有学会这些知识，就随随便便走远路的人，结果肯定不会怎么好，那就很遗憾啦。"

爸爸边说，我们边往家走。到家后，妈妈给我们准备了香喷喷的饭。我们边吃，边给爸爸妈妈讲昨天路上发生的事情。他们听得一会儿紧张，一会儿又哈哈大笑。

得说说我们伟大的旅行家斯乔帕，他妈妈把他关到了一间小屋子里，关了整整一天。

第二天，斯乔帕的妈妈让他出来了。我们又像往常一样一起玩，就好像什么事情都没有发生过。

对了，还要说说小狗的情况。小狗跟着马车跑了整整一个小时，累得不行了。回到家，它爬进窝里，一直睡到晚上才醒，醒来吃了点儿东西，就又睡着了。至于它睡觉时梦到了些什么，我就不知道了。

最后还得说说我自己。我睡觉的时候，梦到了一只凶猛的老虎。我拿起弹弓，“嗖嗖！”把它给射倒了。